김 초 혀

충북 청주에서

대학 2학년 때   ᄋ ᄆ ᄍ ᄂ ,

그로부터 20년 만에 첫 시집《떠돌이별》을 발표하며 화제를 모았다.

그 후 3권으로 잇달아 선보인 연작시집《사랑굿》이 밀리언셀러에

오르며 80년대 문단의 한 사건으로 기록되었다. 엄혹했던

그 시절에《사랑굿》은 힘겨운 삶을 살아가는 사람들을 맑은 서정으로

어우르고 위로했다. 구로공단 여공들도 시를 필사하고,

대학가 대자보에도 '사랑굿'이 걸리던 시절이었다.

완간된 지 30주년을 맞은 이 시집은 세대를 뛰어넘어 사랑받고 있으며,

절제된 시어가 노랫말처럼 마음을 파고들어 아름다운

삶으로 이르게 하는 사랑의 길을 보여준다.

그 외에 시인의 대표작으로 시집《섬》《어머니》《세상살이》

《그리운 집》《고요에 기대어》《사람이 그리워서》《멀고 먼 길》,

시선집《빈 배로 가는 길》, 수필집《생의 빛 한줄기 찾으려고》

《함께 아파하고 더불어 사랑하며》, 서간집《행복이》등이 있다.

한국문학상, 한국시인협회상, 현대문학상, 정지용문학상,

유심작품상, 공초문학상 등을 수상했다.

김
초
혜

시
집

사
랑
굿

김
초
혜　시
집

사
랑
굿

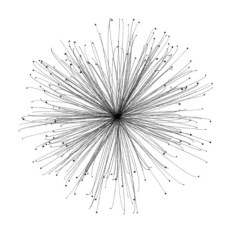

마음
서재

시인의 말

사랑, 그것은 인간의 삶 속에서 어쩌면 가장 깊고도 영원한 테마가 아닐까. 이성적 사랑에서부터 인간적 사랑 그리고 종교적 사랑까지.

사랑은 모든 생명 있는 것들의 한계를 극복하는 가장 근본적인 힘이다. 우리의 삶은 사랑으로 긍정되고 완성되며, 개인적으로는 그 보편성이 특수성으로 발전하는 과정을 겪게 되는 것이다.

인생살이의 모든 갈등은 사랑의 추구와 그 완성을 위한 과정의 아픔이 아닌가 한다. 감정의 수많은 단층으로 쌓인 체험을 한 편의 시로 끝낼 수 없어, 체험의 총체성을 완성해내기 위해서 그리고 구체적으로 표현하기 위해서 '사랑굿'은 183편으로 써졌다.

'사랑굿'은 황송하게도 수많은 독자들의 사랑을 받았다. 100만이 넘는 독자들을 만났으니 시 쓰는 사람으로서 이 보다 더 큰 행복은 없으리라. 그리고 세월이 흘러 어느덧 출간 30주년이 되었다. 그런데 아직도 새 독자들을 만날 수 있다고 하여 새 모습으로 꾸미는 데 응하고 말았다. 그 건 자기의 시가 세월의 흐름을 이기고 생명이 이어지기 를 바라는 모든 시인들의 소망이 이루어지는 것이기 때 문이었다.

내 시를 새롭게 읽어줄 독자들을 만난다고 하니 가슴이 아릿하다.

2018년 6월

김초혜

차례

사랑굿 1

그대 내게 오지 않음은
만남이 싫어 아니라
떠남을
두려워함인 것을 압니다

나의 눈물이 당신인 것을
알면서도 모르는 체
감추어두는 뜻은
버릴래야 버릴 수 없고
얻을래야 얻을 수 없는
화염火焰 때문임을 압니다

곁에 있는
아픔도 아픔이지만
보내는 아픔이
더 크기에
그립고 사는
사랑법을 압니다

두 마음이 맞비치어도
갖고 싶어 갖지 않는

사랑의 보褓를 묶을 줄 압니다

사랑굿 2

그대와 내게
괴로움이 없다면
어디에
마음을
기댈 수 있나

괴롬에
깊이 머물면
성내는 마음
견뎌지고
무엇이나 빛이 되리

비록
괴로움의 끝에
설 수 있다 해도
기쁨을 두려워
꺼릴 줄 아는
몽매함 가졌어라

사랑굿 3

잊어버리자 해도
여러해살이 종기처럼
전신 발열을 일으키는
시들지 않는
나의 전체

그대 허락지 않은 땅에
꽃을 피우는
헛된 영혼의 나들이

너는 나의 칼
원하면 원할수록
치사량의 피가 흐르고
가면 가는 만큼
물러서는 그대

살아 못하면
죽어 하리라는
나의 가엾음

사랑굿 4

불타버려도
옮겨붙어
다시 타서
차마 못 타도

불이 되어
불로 태워
사루어주고

물이 되어
물로 식혀
씻어주시고

물에도 젖지 않는
뿌리를 내리시고
불에도 뜨겁잖은
근거를 주시어

잊어질 때까지
형체를 지키어
잠들어 꿈꾸게 하소서

사랑굿 5

다르다 하면
하나로 되고
같다고 보면
거리가 있어지는
그대
누구시오

가까이 있을 땐
가까워 못 가고
멀리 있을 땐
멀어 못 가
그대신가
맘 졸이며 기다리고

잊지도 않고
구하지도 못하며
네 속에 네가 숨어도
내 속에 내가 숨어도

감추어지지 않는
사랑이란 말

차마 쓰기 어려워
더디게 울어 보내오

사랑굿 6

제가 저를 괴롭히는
마음이라는 것
목도 조이고
혀도 되어서
죄의 큰 그물을 엮어
뿌리를 먼저
삭게 한다

자르고 베어도
잊힐 리야 없을
그대 향한
나의 마음
어둠인 듯 감추었다가
흔들림 없이
크게 빛내이고 싶다

태울 듯 불붙을 듯
멍에 멘 마음에
그대 넘나들지 마시고
더러 생각나거들랑
가다가 멈추어 서서

못 잊는 내 허물
탓하지나 마시라

사랑굿 7

그곳이 어디든
무심한 곳으로
나는 가고 싶네

세상살이로
흐려진 눈
밀어버리고

혼자서 무어라
지껄인대도
들어줄 이 없는
적막에 싸여

그대를
조금씩 단념하면서
적막을 보태어
살다가 보면

설움도 나를
놓아주리니

사랑굿 8

내가 먼저 사랑한 사람
먼저 잊게 해주오

목까지 자란 그리움을
잘라낸 후
이제 남루를 벗고 싶으오

그대 도리질의 이유는
헤아려도 추측할 길 없고
앉지도 서지도 못하리라면
그대로 그리움이고 싶으오

끝내 분할이 안 되어
내 몫이 없을
불꽃이라면
뼈가 운대도
비겨 잊으리다

그대여
심술은 그만
하나의 별만을 빛나게 할

꽃등을 켜들고
남몰래 숨어서
몇천 겁을

사랑굿 9

내 한숨 바람 되어
그대 목에 감기어들면
그게 난 줄 알아
모른 체 비켜주오

살을 베어 살을
잊지 못하듯
물이 피가 될 리 없겠지마는
잊은 마음 전혀 없어
바람이려오

몇천 년을 살려고
그대 나의
기쁨이어서는
아니 되오

허리 묶인
홍사 풀어내고
나도 그대의
꽃이 되고 싶으오

돌을 심어 싹이 나도
아니 오시겠소
바람 불면
멀어 있는
달로 오시게

네 속에 네가 숨어도
내 속에 내가 숨어도

감추어지지 않는
사랑이란 말
차마 쓰기 어려워
더디게 울어 보내오

사랑굿 10

그대
물음표투성이의
가슴을 가르고 들어가
생빛 한줄기
찾으려 했네

허공만 숨어 사는
그대 몸 전체에서
거듭되는 어제를 지켜보며
동행할 빛을 잃었네

몇 번이나 헛짚은 그대
흠집이 많은 얼굴을
망설임 없이 물리치며
새로 낯설어지네

난파된 목숨을 짐짓 가지고
돌아서면
돌아오는 그대
문득 궁금해지면
분장하지 말고 오시게

사랑굿 11

빗장을 풀어
한 꿈을 모조리 내보내고
나를 동여매던 벌을
풀어버리자

끝나지 않은
연분은 태워버리고
풀어졌던 살들에게
현鉉을 울리게 하자

부러진 허리를
곧추세우고
죽었던 살을 깨워
뿌리를 돋게 하자

일제히 깨어난 빛이
허공에 걸린
불붙은 머리칼을
베어버릴 것이다

사랑굿 12

그대 만남이
어두운 시간의
빛이었다면
나만 혼자 알고 있는
그대 마음을
가슴에 묻어서
등불 만들고
불멸로 지은
오막집
기운 듯 빗나간 듯
기둥 세우고
부러진 축을
가질 수도
버리지도 못해
무릎을 꿇으며
연습은 고만

사랑굿 13

서로 잊으려
켜지 않는 불

잡혀지지 않는 것
붙잡지 않으면서
어쩌려고
얼굴엔
얼룩을 짓나

하나의 눈짓을
다른 눈짓으로
베어내려는
눈부신 어지럼증

가난한 울음 말고
조그만 웃음이 되어
그대 마음에 뜨는
달이고 싶다

사랑굿 14

날을 수 없는
날개를 가지고
그대에게 간다

마음은 말라서
갈라진 채로
허물어져도
그대 웃음이 비치면
대번에 물이 흐른다

평탄을 버려
거친 길이 열린
되풀이의 길
나를 잃으며
네게 가야 되는
눈물의 길이

사랑굿 15

그대 소유하지 않은 것
소유하려는 데에
피곤은 가혹해지고

집착 없는
집착의 징조가
의식하지 않는
무의식의 흐느낌이
아파서
깨지는 데

네게 가까이 가려면
불 속에서 떨고
얼음 속에 불타야 하고
그대에게 가지 않으면
천지도 생겨나
만월로 뜰 수가 있고

사랑굿 16

불 속에서 태워지면서
고독마저 없어지고
행할 것과
행해서는 안 될 것도
어두워지고

끝입니다
하고 시작되는
아린 사랑을
불 속에 던지며
화상으로 완성되는
어리석음이게 하소서

사랑굿 17

가장 큰 모습은
형태가 없듯
보이지 않아도
듣지 않아도
참 많이 어디에나
있는 그대
발돋움은
비뚤어진 길인데
생각만으로도
바로 서지 못하는
내가
서 있는 곳은 어딘가

사랑굿 18

점을 쳐 괘를 푸니
욕심 따라 성급히
서둘지 말고
마음을 정히 닦아
푸닥거리나 하라 한다

오늘 하루 마음대로
너를 사랑해
만남 지옥 헤어짐 지옥
질끈 묶어서
모든 지옥
구석구석 잊어나보란다

불 갖추고 못 한 사랑
장생불사 오만 잡귀야
간도 피도 다 말리고
형벌하며 하는 말
귀신놀음이나 하라 한다

사랑굿 19

피어서는 안 될 꽃이
피는 것은 눈물이오
그대 의해 피워지는
꽃이라면 갈증이오
모순을 증거할 수 없어
병들고 잠들다가
나를 견뎌내니
이제야 그대가 보이오
목마른 내게
목마름만 주는데도
모순은 반짝임처럼
사랑이 되오
땅은 땅밖에 모르듯이
다른 형상의 모습 말고
그대 내 시詩가 되어
남아 있어야 하오

사랑굿 20

가면서 남긴
너의 목소리
칭칭 나를 동여매도
끄르지 않고
남겨두는 뜻은
뼈를 울리고
살을 울려
언 땅에 나를 묻은
너를 만나기 위해

결박을 조여
누구도 풀 수 없이
묶이인 이대로
하늘 밖으로
가고 싶은 뜻은
네가 없고 내가 상실되어
마음대로 소생하며
네게 이르기 위해

사랑굿 21

쓰러지고 쓰러지고
다 쓰러지고
다시 네 앞에 일어나
쓰러지고
불시에 불구가 되어
눈물이사
그대 내 살 속에
풀어놓은 징벌

우리 목숨의 분량은
얼마나 남았나
건강한 매무새로
모두 퍼낸 다음
떠밀리는 물결이 아니게
꽃배를 타고 싶다

다감을 사루어버린
지금은 작별의 때
새롭게 감기는
밧줄을 끊고
출항을 하련다

떠나보내며
어쩌면 외로울지 모르는
나의 그대여
날으는 새가 되어
그때 만나자

사랑굿 22

너는 나의 그물이다
내 자신이 잘 보일 때
무섭고 겁날 때는
빛 낡은
의지도 걸리고
곤비함도 걸린다

나는 너의
가난한 부분이다
무슨 설레임이
우리 둘 사이를
가난하게 만들었나
눈도 없고
귀도 없고
입도 없는 체

너는 나의 변증법이다
포박된 줄을 끊으면
사랑도 되고
미움도 되지만
끝내

의문부로 남는다

나는 너의 영혼이다
뼈가 흙이 되고
살이 물이 되어
의지가 흐려져도
깨끗한 쪽으로
다시 맑아 흐르마

사랑굿 23

우리도 섞어서
울리어보자
이지러진 마음일랑
이내 버리고
울릴 듯한 울릴 듯한
징이나 되어서
마음껏 그리며
울어나보자

그대 보려는
발돋움으로
돌이 되어도
용솟음으로
엉클어지는
숨결이 되자

시작도 끝도 없이
천역살로 온 그대
헤어지기도 하면서
만나기도 하면서
끝까지 이렇게 걸어가보자

사랑굿 24

너와 내가 합쳐져
하나의 별이 되자
아무도 못 보게
억만 광년 빛으로
반짝거림이 되자

입이 메어지도록
고통이 들어차도
변덕부림 없이
나뉜 육신을
서로 잡아주자

제일로 가까운
첫번째의 별에
집을 지어
태양도 여기에서
쉬어가게 하자

아무것도 모르는
무재주도 사랑하며
차 있으나

넘쳐흐르지 않는
순한 불이 되자

사랑굿 25

내겐 절단이
너에겐 획득이 되어
나만 다리를 절며 간다
약발도 안 들어
불칙하게 말라가는
수족엔 관심도 없이
나의 외과의는
처방전에
남의 눈에 뜨이지만 않으면
감쪽같다고
써주었다
한쪽 발이 짧아
절름거리면
다른 쪽을 맞추어놓고
맞추어진 다리가 짧아지면
달아나며 따라와
시술을 자꾸만 뒤집어보지만
마침내는
서지 못하는 다리를 준
너는 나의 외과의

사랑굿 26

나는 너를
언제나 오역한다
혀를 감아버리고
말을 잊고 싶다
지침指針을 뽑아내고
너는 언제부터
나의 무게가
되었느냐
벌罰을 상賞으로
선택하여
겪어내면서
갈망한다
누구도
예감할 수 없는
어려운 악보를 준
그대를

사랑굿 27

충실한 얼굴이었던
어제가
바람에 날려
넝마 되었고
억지를 부려보아도
마음은 칼날을
닮지 못해
부어오르는 고통
하늘도 진盡해버릴
변덕스런 마음은
감정의 홈 속에 숨어
톱니를 만들고
노여워짐이
무가치함임을 알고
불투성이가 되어
녹아내린다

사랑굿　28

분칠한 그대의 얼굴에
분칠하지 않은 내 얼굴이
포개질 때
꿈인 듯 가졌던 그대를
잃을까 겁나
허물어진 날
거짓으로라도 감추어다오
그대 지닌 허물을

거절도 거절인 줄 모른 채
반은 타며
반은 식으며
전폐된 의지를 깨우지 못하는
나는 너의 어릿광대

그대 역겹게 하는
어리석은 불꽃을
용납치 않으며
잊지 못해 떠난다

사랑굿 29

손금에 나타난
사주팔자엔
아무 사연
어떤 까닭도 없건만
젖은 형틀을 메고
가파른 길을 간다

흐르게 두어라
뛰다가 서면
넘어지듯이
막으면 넘치는
사랑법을
흐르게 두자

내가 울어 보낸
핏물 하나
그대 가슴에
질척이는 눈물 말고
별이 되어
빛나고 싶다

사랑굿 30

바다는 비를
다시 받아들여도
넘치지 않고
흙은
물을 마시어도
물이 아니어듯
눈먼 영혼을 가진 그대여
나의 헌납을
속박 없이 받으시라

나의 오감은
그대에게 가는 빛을
막지 못하고
수렁에 빠져도
새롭게 접목되며
너로 가득 차고 싶다
무엇으로도 바꾸지 않을
나의 오욕을
아름답게 견뎌내며
묶인 채 자전하리라

사랑굿 31

멀어서 있는 그대
그대는
시작이고 끝이다
끝과 시작은
언제나 내게 머물러
일어서게 하고
허물어지게 하고
그대
나를 위해 울어준다면
해도 지지 않고
달도 뜨지 않는다
눈도 아니고 혀도 아닌
너의 암시는
내게 악성만 자라게 해
하루에 밤을 두 번 있게 한다

사랑굿 32

이제 마음을 얘기하지 않으리
사랑으로 사랑을 벗어나고
미움으로 미움을 벗어나리
죽어 묻히는 날까지
그대 떠난다 해도
마음속에 살게 하리
끝없는 불이 되어
재까지 태우며
던졌던 생명을 거두어
천천히 빛나게 하리
갈망하지 않고 꿈꾸면서
혼자서 가져보는 그대
고운 병 만들어 앓으며
짓궂은 그대 허위
벗기지 않으리

사랑굿 33

생명의 중간쯤에서
낯선 죄를 만나게 되었다
혀가 겹쳐져서
말을 발견하지 못하고
친근하나 누군지 알아볼 수 없는
누구인지 전혀 모르는
너를 본다

한 사람이 아닌 여럿인 너
복합체의 성정을 지닌 네가
전과 달라야 되는데
다름이 없어
나도 다른 사람이 되어야 한다
이제는 피차에 아주
낯설은 사람이 되자

서로를 위한 것이
서로에게
칼이 되었다는 것을 알고
죽은 흙이 되자

사랑굿 34

백 개의 뼈마디를
여섯 개의 내장을
열고 보아도
물物로만 있는 것
모르는 것 아니어도
어찌하리

퍼내어도 마르지 않고
부어도 넘치지 않는
괴롬
해결되지 않는
사슬은 매어
무엇하리

원근을 잊은
너와 나의 사이에
바람이 불어도
혼백은 섞이어

해를 향해 솟기도 하고
달을 향해 숨기도 하리니

사랑굿 35

구름에 가려도
제 빛인 하늘
먼지에 흐려도
맑은 그대
서로 비워
환한 우리
시들지 않게 두자
그르다 해서
치우지 말고
옳다 해도
애쓰지 않으며
안에 있는 울음과
밖에 있는 웃음이
다르다 해서
조바심도 말며
이쪽에 있어야
저쪽이 보이듯
멀어 있으며
종내 못 잊는
우리가 되자

사랑굿 36

꿈속에서는
현실과 만나
울어버리고
현실에서는
꿈을 만나
미망에 속고

속수무책을 피해
돛도 없이
돛대도 없이
거꾸로 가라앉아
멀리 갈수록
네게 이르고

살아 있음과
죽음의
구별이 없을
백년 뒤에나
무상의 기쁨으로
함께 빛나자

사랑굿 37

그대 어디로 가는가
어둠에서도 빛을 나눌
다사로움 마련했으니
정화의 불 속에서
새로 태어납시다

엇갈려 감겨 있는
여러 생각 풀어버리고
만나면 우리
백치가 됩시다

눈물은 물리고
탈은 벗어버리고
아무 데서나
서로 향해 오는
등불이 됩시다

속된 일에
고달프지 말고
더러는 우둔하면서
세속 밖의

꿈이나 꿉시다

사랑굿 38

나만 흐르고
너는 흐르지 않아도
나는 흘러서
네가 있는 곳으로 간다

흐르다 만나지는
아무 데서나
빛을 키워 되얻는
너의 모습

생각이 어지러우면
너를 놓아버리고
생각이 자면
네게 가까이 가
몇 개의 바다를
가슴에 포갠다

나만 흐르고
너는 흐르지 않아도
나는 흘러서
네가 있는 곳으로 간다

생각이 어지러우면
너를 놓아버리고
생각이 자면
네게 가까이 가
몇 개의 바다를
가슴에 포갠다

사랑굿 39

네게 줄수록
내게 더 많이
쌓이는 불
불은 불로 끄고
물은 물로 막고
나도 없고
너도 없게
그대의 모습으로
나를 지운다

네가 보낸
꽃보다 타는 눈짓은
몸체의 바퀴를
떨어져나가게 하고
하늘의 뜻이라
죄를 기르며
나를 달랜다

사랑굿 40

물이어라

이룬 것 없는 듯
이루는

너를 잠기게 할 수 있고
네 속에 들 수 있는

죽어도 딴마음
가질 줄 모르는

작은 것으로 큰 것을
머물게 하는

나를 잃지 않으면
너를 붙잡아둘 수 있는

물이어라

사랑굿 41

하늘에
해가 하나이듯
물 흐르는 도리에
두 가지가 없어라

그대로가 하나이어
마음에
두 길을 내지 못하고
짧은 생명에 갇히어
내 영혼은 울어라

산 것도 아니고
죽은 것도 아닌 채
어지러움을 견디며
세월을 돌려놓아도
눈먼 돌 속에
아득히 있는 그대

사랑굿 42

오늘은 강물이
무슨 일로
한밤 내
울고 있는가

흔들리며
웅얼웅얼
어떤 추억을
우는 것인가

달도 쉬어가고
그리움도 쉬어가는
월유봉에
분꽃은 수줍은데

건드리면
눈물이 될
마음을 안고

그대에게
가야 하리

불이 꺼져도

사랑굿 43

그대 길 떠나면
나는 길이 되고
밤으로 그대 오면
나는 달이 되리

빈자리 마련하고
허기에 있기보다
남루만 가지려
목숨 빛나는데

그대 내게
중심 없는 혼란 주어
시간 밖에서
시간 안에서
마음이 잃어지면

가로놓인
설운 산을 무너뜨리고
아무래도 나는
떠나야 할까보다

사랑굿 44

얼굴을 돌려도
그림자는 남듯
그대 떠난대도
그리움 되일어
날마다 반기오

멀어지지도
다가오지도 않으며
한숨과 웃음을 지니고
가던 길로
돌아오는 그대

죽음은
몸과 마음을 갈라놓지만
그대와 나
죽음도 건너
뿌리 없어도
꽃을 피우리

사랑굿 45

그대 바람이어도
흔들리지 않으려
내가 될 수 없는 나를
안으로 숨겼건만
내게로 오면
빛이 되는
그대
넉넉한 웃음소리
가까이 와도
멀기만 더한
먼 데 있는 그대를
가득 울고 있는데
어리석음으로
다하지 못한
어리석은 이
못 떠나면 어이하리오

사랑굿 46

얼굴 속의 얼굴을 보여다오
백번을 거듭나도
그대 하나
태우지 못해
숨어 우는 뜻
어찌하랴

세속도 어기고
진실도 버리며
사정없이 아픈
나의 눈먼 이치가
어찌 그대 허물이랴

매일의 죽음 속에서
살아나는 나의 꽃은
그대 얼룩지게 하지만
어둠에선
어둠만 살듯
사랑에선
사랑만 남음에랴

사랑굿 47

나는 그대에게
누가 알면 큰일나는
겹도록 감추어둔
비밀이고 싶다

종일을 숨어
그대 생각해도
마음 한 금 건드리지 못하고
가난하고 약해지는
뚝 뚝 눈물이 되는 버릇

삐인 발목 절룩이며
울고 섰는데
거울 앞에 서지 않는
너의 피곤한 미혹

그대
숨막히는 냉정함의
절대한 그리움을
주저앉히진 못할지라도
가거든 아니 오기를

사랑굿 48

모른 체하는
사람 옆에서
목숨 하나
울고 있다

보이지 않음인지
못 본 체했음인지
끝이 없는 빛줄기를
지울 길 없어

마음을 달래어
허울로 온 것을
밀어도 다가서려는
진실이라 믿으마

얼굴도 심장도 없애
성한 모습 무너진 것
부끄런 줄 모르고

당신이 찾을 때까지는
먼 등불로

비밀한 늑골 하나
숨이 차도
모른 체 있으마

사랑굿 49

입으로 보내고
마음으로 놓지 못하는
괴로움의 덩이

네게 가는 마음
머무르거나
그치지 않고
어리석은 모습으로
흐르며 있고

사랑도 저를 먼저 해치고
미움도 저를 먼저 해치니
그대 건너
다시는 미혹하지 않으리

이제 오래지 않아
돌아가리니
몸은 늙어 헐고

마음은 무너지고
잠깐 머무는데

무엇을 울게 하리

사랑굿 50

높고 멀게
담을 쳐도
나는
불어나며 넘쳐
네게 이른다

얽어 묶어도
만나면 갈리는 줄
알고 알아도

놓아버리고
풀어가고
벗어나지 못해
흔들리며
멀미를 한다

생명으로도
지우지 못할
너의 모습
꼭 한 번
마음대로 젖게 하라

사랑굿 51

내 모양을
내가 부수고
마음의 때 씻어내
뜻을 풀어
괴로움과 멀게 하소서

어리석음에 얽혀
어두움에 들어도
세상 습관을 잊으며
하루라도
마음을 쉬게 하소서

내게서 자란 꽃순이
그대 밝히는
해가 된다면
불을 품은 채 잊게 하소서

어제는 그대로
묻어보내고
거듭
몸살을 앓으며

새로운 나를 낳게 하소서

사랑굿 52

그대에게 가는 길이
저승에서도
더 먼 길인 걸
모르는 것 아니어요
들키지 않을
눈짓만
넉넉한 그대 이마에
얹어놓고
서 있는 이 자리가
어둡고
험해도
노래할 테요
일찍이 가졌던 것
모두 버리고
타지 않으며
그대 곁에 머무를 것이어요

사랑굿 53

그대 있기에
이 봄을
버릴 수가 없으니
꽃도 아파라
살이 아파하는 소리
뼈가 못 들은 채
이대도록 반나절
갈피를 못 잡고
나 못 들은 체
그대 못 들은 체
눈물도 가두고
기쁨도 가두고
잊어버리자
허리 꺾어
내려누르는
이 머언 뜻을

사랑굿 54

더운 대로 추운 대로
새순을
피우는
그대 또 그대

물 되어간 나를
불 되어간 나를
용서하라
그대여

이대로 말라서
물이 되지 않는 살을
타다가 이대로
불이 되지 않는 뼈를
그대여
무정하게 흐르게 하라

돌아서 가건
돌아와 서건
모르는 체 그대여
그렇게 맑으라

사랑굿 55

몸이 있어
병이 있듯
그대 있기에
설움 있네

물을 묶지 못하듯
그때나 이제나
더하지도
덜하지도 않은
이 마음
끝끝내 못 묶어
일렁이노니

참말로 사랑 아니거든
서지도
오지도 말고
저만치 뒤에서
잡아나주어
구김없이 흐르도록
도와주소서

사랑굿 56

그대에게 얽매이면
두려움 일어
마음 태우거늘
그대에게서 벗어나면
잠시라도
기쁨 있어
고뇌의 불꽃 스러지네
진실도 괴로움도 끊고
이제는
그리움도
아프다 않으며
마음을 궁글리어
하늘을 보면
못난 생각
나지 않아
고통에서 고통으로
옮겨다니지 않아도 되리

사랑굿 57

잊었노라 함은
잊히지 않았다는 것이고
벗어났다 함은
결박을 말하는 것이리

바람의 발은 붙들어도
그대 붙들 수 없어
무너지고
또 무너지는 마음
어찌해
애닯지 아니 하리

미혹이 진실인 줄 알아
한 생각 잘못하면
모든 것 떠나가니
뿌리를 파내어
서로를 버리는 일
마땅히 없이 하리

사랑굿 58

낮에도 밤에도
줄어드는 목숨이지만
마음으로 삭히면
죽은 나무에서도
꽃은 핀다

서로 갈려
떠나가도
햇빛 따라
다시 피어
밝음으로 흐르고

그대 변하는
형상 따라
이 마음
어두워지는 것 아니니
매어 묶지 않아도 되리

사랑굿 59

달은 날마다
둥글어
다시 이지러지고

한 달 내
제 마음 길들이며
편해진 심사
이렇듯 어두운
어질병을 일으키고

서른 밤 변해도
둥글어지듯
아픔으로
어리석음으로
얼기설기 얼어도
그대 불로 켜지는
그리움이리

사랑굿 60

그대 곁
머물 데 없어도
마음의 집착
덜어내면
세상 가득
걸림 없어
그대 곁에
이를 수 있으리

아픔의 형태가
다른 모습이어도
세상과 다른 쪽으로
돌아누워
제일로 맑은 넋
자랑하며
서로 새로워지리

사랑굿 61

낡은 피 다 버리고
네게 간 나를
붙들어둘 수 없어
떠날 수 없는 그대

다음에 만날 때면
그대여
어둠 속 그늘로 오지 말고
빛에서 빛으로 오시게

눈물 속에 되흐르는
그대 말고
하루에도 몇 번씩
강물로 흘러주게

잊을 수 없어
아무래도 못 견뎌
물로 흘러가거든
그대여
한 번만 넘치어보게

사랑굿 62

소리 없이 와서
흔적도 없이 갔건만
남은 세월은
눈물이다

무쇠바퀴 돌아간
마음 위에
그대 감아버린
가슴은
울음으로 녹아 있고

서로 먼 마음 되어
비껴 지나도
그대 마음
넘나드는
물새가 되고

물과 물이 섞이듯
섞인 마음을
나눠 갖지 못하면서
나눠 갖지 않으면서

사랑굿 63

하루에도
몇 번씩
그대로 인해
죽을 수 있는
죽음은
다 죽어보았소

죽을
죽음이 없어도
다시 죽기 위해
안 끝나는
죽음을 시작하려오

돌아설 수 있을 때
돌아설 것을
그대를
나처럼 여긴 후부터
먼 날음을 위해
날지 못할
날개를 준비하고 있다오

사랑굿 64

눈 오는 구석에 홀로 서
눈과 함께 녹아
그대 가슴에 내 모습을
새기고 싶다

눈발이 온 천지에 들듯
그대 부신 눈빛
온 마음에 들어와

이 마음의
고요를
휘젓고 가고

그리움은 갑절로 커져
빈 가슴에
되살아오는
눈 온 날

스쳐가는 바람 속에
잊는다 해도
내가 소생할 데는

잃어진 당신이다

사랑굿 65

그대를
이기는 일은
평온함으로
돌아가는 일
견딜 수 없음을
견디는 일
참다운 크기로
그대를
볼 때까지
다시 일어서며
괴로움으로
나를
지탱하는 일
새로운
아침을 기다리며
아직도
울 수 있는 것을
마음의
기쁨으로 여기는 일

사랑굿 66

만났다
말없이 헤어져도
기쁨을 주는
그대

그대와 걷는
길에
산과 언덕이 많아도
고통은
단 하나
소망의 길

더는
꺼질 일이 없을
불을 들고서

쓸쓸함도
슬픔도
고적한
웃음으로
견디어내리

다음에 만날 때면
그대여
어둠 속 그늘로 오지 말고
빛에서 빛으로 오시게

잊을 수 없어
아무래도 못 견뎌
물로 흘러가거든
그대여
한 번만 넘치어보게

사랑굿 67

나를 멀리 보내면
지킬 것 없이도
깨끗함
그대로
그대의 마음에
머물 수 있으리

세상 괴롬 끝내고
마지막
누울
그때까지
스스로 만든 감옥
종내
허물기 어려우리

병 중에 큰 병인
덧없음이
나를 울게 해도
구원 없는
괴로움
잃어지지 않게 하리

사랑굿 68

그대 웃음에
되비치어
내 웃음 빛나는 것은
이 세상에 있는 한
그대와 나의
약속이어라

조그마한 기쁨
사소한 슬픔을
그대에게
전하고 싶음은
그대의 중심을
내가 앓기 때문이어라

넘치는 침묵도
많아진 말도
마음속을
나타낼 수 없는
부끄러운
진실 때문이어라

사랑굿 69

봄이 와도
오나마나
꽃이 되도록
흐른 눈물
아리기만
아려라

잊힐 수도
잊을 수도 없어
부대끼지만
고통 속에서도
밝아오는 그대

그대와 나
한길에
들 수 없어도
버리는 일에
뜻을 세워
밝음을 가졌어라

사랑굿 70

왼쪽 가슴에 물을 내고
오른쪽 가슴에 불을 내어
고요를 갖는 것은
거절로써 나를 구하는
그대를
성내지 않기 위함입니다

불어나는 어둠을 막아
빛살로 지켜준대도
고단하게 울고 있는
나의 단순함은
그대 때문입니다

그대에게 머무르는 권태가
기쁨에 섞여들지 못하고
떠도는 것은
찾아지지 않을 것을
찾으려는
어리석음 때문입니다

사랑굿 71

불 속에
두 손을 넣고
나를 넓혀
그의 모습을
지워주소서

지운다 그렇대도
나의 외로움
그대
눈빛으로
가라앉혀주시고

새롭게
만나기 위해
높으게 사는 목숨
이어지고
이어가게 하여주시어

넘어지면
일으켜세워
더불어

빛나는 노래
부르게 하소서

사랑굿 72

반드시 이루어지리
괴로움에 결박된 마음
저절로 풀리고
고운 것 더러운 것
모두 거두어
푸르게 흐르게 하리

묶인
손목이 저리어와도
스스로 부른 괴롬
새로 또 지어
꽃다움 이루어
스러져도 좋으리

세상일 버리고
마음으로도
원하지 않으며
귀나 밝혀
바람소리 들으며 살리

사랑굿 73

봄이 오면
첫 불을 밝히는
꽃을 아는가
그대여

꽃에 묻힌
그대 모습
그릴 길 없어
잠들고 싶을 때

기쁨도 슬픔도
내 몫이 아니던
날은 지나
푸른빛 울리고

서로 갈고 닦기에
새로운

봄은
꽃이어라

사랑굿 74

그대 아니 오는데
눈부신 빛이면
무얼 하리

이제 짐 풀고 앉아
마음으로 지은 죄
붉은 눈물로 받으리

한 번만
마주 보려고
헛된 열망 여러 번

어둠을 피해 서며
죄 아니게
사랑하는 이

그대 내 뜻과 같았음을
뒷날 깨닫는대도
어찌 원망 없이
그대 맞을 수 있으리

사랑굿 75

그대 목소리에
가두어지기
시작했을 때
아침은
저녁이 되기 시작했다

고통을 둘러메고
불의 빛 속으로
걸어들어가도
보상은
허물뿐이었다

생명을 쏟아부어
죽음에 이르러도
그날을
만날 수 있다면
하루로 십 년을
다할 수 있으리다

사랑굿 76

생과 죽음 사이에서
꿈을 꾸었소
흔들리면서
엇갈리면서
꿈과 꿈 사이에서
귀먹고
눈멀어
말을 잃어도
깨어나지 않고
그대에게 이르기
바랐었지만
보다 높은 꿈속에서
그대
되찾기 위해
미움과 고움
버리고
넓게 빛나려 하오

사랑굿 77

나를 낳게 하라
무엇을 더
허락할 수도 없이
절명한 생명
그대 속에서
죽어간 시간은
삭일수록 아픈
변명에 에이는데
하늘도 허리 굽힌
나의 진실을
무작정 무겁다고
돌아선 그대

사랑굿 78

땅이 눈을 뜨자
하늘을 섬겼듯
아이와 같이
무조건이게 하소서

의식하지 않으면
죽음도 오지 않듯
그대 얻으려 않으면
잃지 않아도 되고

가장 겁났던 것
쏟아버리고
괴로움도 쉽게 하여
확실한 밝음이게 하소서

사랑굿 79

마음으로 생긴 세상
마음으로 머무르며
마음 따라 기쁨 내니
마음에 의지한
비좁은 몸은
마음을 접으면
볼 수도 없고
들을 수도 없어
저절로 허실이 되고
마음과 마음 아닌 것
하나 되지 못하니
이루고
무너짐을
탓하지 말고
마음 안에 있었던 것
모두 부수어
마음 밖으로 밀어내리

사랑굿 80

달은 깨끗하고
해는 빛나고
그대는
하나를 지켜
고요하라

그대와 나
해와 햇빛이게
달과 달빛이게
끝간 데 없는
기쁨이어라

한 생각도
어지러움 없이
목숨 더함 얻어
기쁨에 섞이니
그대는
하늘 중의 하늘이어라

사랑굿 81

불로도
태워지지 않고
물로도
잠기지 않는
허공보다
높이 있는 그대
빛의 으뜸으로
마음의
바탕이 되어주오
그리움도 번뇌도
걸러냈으나
온종일 생각해도
즐겁고
싫지 않은 그대
밝음이
서러워도
그대 바래 살려오

사랑굿 82

떠난다 하면
미련 생기고
잊자 하면
그리움 깊어지니
떠난다
잊는다는
마음 버리고

그대가
파낸 뿌리
묻어
올리는
흙이 된다면
사랑이 풀리어
괴로움 떠나리

사랑굿 83

아무 구함도 없는
밝은
섬이 되리

조그만 죄
심장에 가두어두고
무거운 고통과
움직임 없는
절망이 와도
그대에게
정직하고 싶어라

그대와의
세월은
아픔으로 쌓여 있고

그대
사랑할 수 있다면
빛의 그물에 누워
봄만 머무는
섬이 되리니

사랑굿 84

어려울 것도
쉬울 것도 없이
너그러워지는
마음은
외홀로 흐르고

말하기 싫어
말하지 않아도
모르지 않은 그대

말 안에 없는 말
말 밖에 있는 말
모두 안다 해도
어둠에 빛일 수는 없는 그대

빛은 없고
어둠만 있다 해도
새로운 시간을 걸고
지금은
무심이어야 하는
때

사랑굿 85

기쁘지 않게 오고
서럽지 않게 가며
꿈속에 머무는
그대

하늘은 잴 수 있어도
그대 마음
헤아릴 수 없어
잠들어도
우는 나를
어찌하란 말이냐

병을 안고
죽음 오듯
목숨이 무너져도
네게 흐르는
나를
멈출 길 없으니
뜨지 마라
달아
나의 이 설움

끝날 때까지

사랑굿 86

해도
달도 어둡고
그대도
나도
오늘은 모두
어둠으로 들어
어둠이
어둠 위로 밀리고
배에
스며드는 어둠
퍼내어도
뱃머리를 돌려도
변하지 않는 건
고뇌뿐
어찌해도 어둠이여
용서하도록
용서받도록
도와주소서

사랑굿 87

고통이 기쁨
가져온다면
금빛 시간
기다리며
그대가 건네준
괴로움
달다 받으리

뜨겁던
아픔도 잊고
달이 차면
남몰래
넘어오는 그리움
서로 가졌던 마음
버리기 어려워
노상
달만 탓하오

사랑굿 88

봄을 보채
무너지는 꿈
일어나지 못하는
잠이고 싶다

새 한 마리
마음 낚아
날갯짓도
닿을 수 없는
달 속으로 날은 후

나는 보이지 않고
하늘과 땅
가득하게
너만 있었다

사랑굿 89

그리는 사람 있어
얼굴은 빛나
꽃과 같고

어리석고 미련해
얼굴빛 잃어
근심에 얽히네

하늘과 땅이
닫히어
바다가 끓어도

무너지지 않는
마음으로
불무더기 참으며

얽힘에서 벗어나
괴로움과
즐거움 함께하리

사랑굿 90

백년의 인연을
벌로 받아
눈물이
되었음에
꿈만 가졌던
가난한 마음에
달은
눈물만 되고
그대
휘파람 소리
하늘 열어
천지에 꽃이더니
이제는
거꾸로
시간을 끊어
나를 묶었네

사랑굿 91

불에 달군
돌을 쥐여주고
데지 말라는
그대

뜻대로 생긴
마음이기에
잊으려
외로워도

그대 마음
비출 길 없어
헛된 생각 안고
꿈길로 드니

비워두면
맑은 모습으로
그때 가리라

사랑굿 92

그대 원하는
형상대로 될 수 없고
내 형상대로
그대 만들 수 없네

넓어지던 원이
중심을 놓고
사라진 후
악몽에 시달리며
그대 무정한
눈빛과 만나네

마음속
부끄러움
벗어나지 못해
그대 떠날 수 없는
계속되는 이별이네

사랑굿 93

화염의
옷을
벗을 수도
벗길 수도 없어
태워지면서
형극의
길로 든다
살들이
타고 남은 재
영혼을
맑게 하고
그대만이
벗길 수 있는
이 옷은
타지도
낡지도 않고
나를 태운다

사랑굿 94

그대는

달빛으로 번지는
하늘이어라
기왓장에 어리는
시월의 빛이어라

꿈도 휘저어보고
빛도 휘저어보는
하늘을 떠도는 새
그대를 운다

몸은 하늘에 두고
그림자는 땅에 두어
그 망연함
만난다 해도
변함없이
서로 지켜
내일을 오게 하자

사랑굿 95

봄이 올 때는
봄의 마음으로
되돌아가게 하고

겨울이 오면
겨울로
데려다놓는
그대

땅을 벗어나
살 수 없듯
그대 눈에
하늘을
두르고 있는 한

해가 지지 않아도
해가 뜨지 않아도
그대는
나의
고요한 중심

사랑굿 96

한때는
봄으로 머문
그대였는데
오늘은
가을빛으로
내게 와
쓸쓸함만 더해주는
그대

고통은 아무 때나
나를 깨워
그대 하늘 끝
울며 건너는
새가 되라 하는데

그대는 바르고
나는 어리석어
기울어진 하늘
이 세상 끝낼
그때에
단 한 번

그대 이름 부르리

사랑굿 97

목숨은
빨리 흘러
잡기 어려운데
분별 있는
나이에 이르러도
사소한 일에
끼어
문득 작아집니다
가로막힌 것
건너야 할 것 없이도
그대 가까이
말라는 것
하늘 뜻이라 여기고
그대 뜻 속에
헛됨 없이
이날을 삽니다

사랑굿 98

그대는
눈에 머무는
푸른 하늘 꿈으로도 오고
꽃 위에
빛을 더해
환희로도 온다

목숨이 바뀔 듯
무섭던 미움도
어느새 가라앉아
맑게 흐르고

아무에게도
보일 수 없는
무른 목숨
돌아앉아
울음이 되고

사랑굿 99

그대와 내게
흐르지 않는
시간 있어
서로 나뉘어
어둠을 돈다 해도
다시 만나게 되리

지난날
잘못을
고쳐 살 수 없어도
끊임없이
나를 지우며
그대
뜻하는 길로 가노니
낮과 밤을
엇갈리게 해
평소의 바람
이루어지게 하소서

사랑굿 100

더러는
지나치고
못 미치기는 하나
천성이
그런 것은
아니었음에
심지 속에
그대 지니고
새로이
머물고 싶어라

깊고도 머언
소중한 이여
그대에게서 비롯하여
그대에서 마치는
아픔일진대
그대
물로 흘러가
돌아오지 않아도
구석구석 어디나
그대 곁이네

그대는

달빛으로 번지는

하늘이어라

기왓장에 어리는

시월의 빛이어라

사랑굿 101

그대 내린
벌이
화를 불러도
고통은
나를 깨우는 길

미움은
한 덩이씩
아침 쪽으로 뒹굴어
은은한
그리움이 되고

어둠을 넘어
그대여
내게 오라
새로운 해를
밀어올리자

사랑굿 102

살기 싫은 날에는
기억하고
되새길 것 없이
자다가 깨어나
더 깊은
잠 속으로 든다
해에 향할 건가
해가 올 것인가
궁리하지 말고
영혼 안에
외로운 불
가까이 당겨
우리 함께 빌자
그림자 몸을 떠나도
그리워 살자고

사랑굿 103

어두운 밤에도
푸른 하늘인
그대
얼핏
눈물일 것 같으면
고개 돌려
그 마음
딴 데로 옮기고
마음은
그림자로만 채우라고
작아야
커다란 것을
가질 수 있다며
바람 속에
먼 밤을 울게 하는
그대

사랑굿 104

천 번 부르면
죽은 넋도
돌아온다 하는데

메아리는
뒤도 돌아보지 않고
그대로 굳어
첩첩 겹겹
산을 만들고

그대 까닭에
마음 깊숙이
자리 잡은
허공은

깨어나기 어려운
가여운
잠이었네

사랑굿 105

내게 있는
조그만 눈
남의
어리석음은 깨우며
이 마음은
지키지 못하는
덧없음이네

인과의
그물에 얽혀
그대 벗어날 곳 찾아
절름거려도
감긴 마음
풀리지 않고

진실을 꾸며도
거짓을 꾸며도
백년 살 것 아닌데
한 사람
따뜻이 하기
어찌 그리 힘드오

사랑굿 106

바다의 흐름
변치 않듯
그 마음
내게 머무는 줄
모르는 듯 안다네

새가
바람에 의지해
날기도 하고
머무르기도 하지만
땅 위를
벗어난 일 없듯

오늘은
세상에서 묻은 먼지
모두 두고
햇빛보다
더 밝은
웃음으로 오시게

사랑굿 107

그대
멀어가도
그리움은
다감도 하여라

일부러
지은 마음 아니고
억지로
잊어지는 것 아니니
허물없는 웃음
나누자더니

그대와 나
나뉘어
땅에 묻혀도
그대는
시詩와 함께
다시 살리라

사랑굿 108

나를
고집하여
생긴
병입니다
그림자만 걷는
이 길은
멀어
끝없는 길입니다
뜻하는 길로
가지지도 않고
가로질러
갈 수 없는
얼굴이
자신에게
안 보이는
길입니다

사랑굿 109

놓아버림 후에
가까워지는
그대

그대 모습
뚜렷이 볼 수 없음은
눈물에
믿음이 없어서이고

나의 내부
끝없는 곳에
끝없이 있는 그대

떠돌던 생명은
한줄기 눈물로
새롭게 맑아지고

몇백만의 몇백만 시간을
돌아서게 두어도
눈물로
다시 오는 그대

사랑굿 110

밤이 되오면
꿈에 만나자
마음과 뜻으로
모든 허망 안 보며
물 없는 데서
물을 내라 해도
좋은 얼굴이 되자

네 허물에
내가 더럽혀져도
편안히 받아들이면
어떠한 마음이
그것을 분별하랴

부릴수록 느는 것
욕심만이 아니듯
미워하면 미움 늘어
낯설어지니
서로는 빛이 되어
맹목에 살자

사랑굿 111

다툼도
허물도 없이

친하지도
소홀하지도 않으며

막지도
비키지도 않고

밝지도
눈부시지도 않게

웃음도
아니고

울어
달이 되지도 않으며

사랑굿 112

마실 수 있는 이에게서
물을 빼앗고
마시지 못할 이에게
물을 주는 것은
오를 수 없는 하늘을
오르게 하려는 벌

볕으로도
줄지 않고
바람으로도
흔들리지 않는 바다처럼
무슨 설움으로도
바뀌지 않는 마음

이루어냄에도
허물어짐에도
아서라
마음 쓰지 말고
모두 두고 가는 물처럼
그렇게 흐르라

사랑굿 113

불꽃 속에
들어가는
악惡이 되어도
먼 데 사람 아닌
거기
있고 싶다

좋은 얼굴 헐리고
낯빛은 시들어도
본래의 모습 아닌
어리석음 이대로
물러나 뉘우치고
아플지라도

그대 눈 속에
내 눈을 심고
그대 울음 속에
내 울음 심어
안으로 안으로 상해도
그대
받아들이는

이것은 무엇인가

사랑굿 114

내 수치를
아는 것도

나를 피하려
비켜서는 것도

나를 조금도
숨길 수 없는 것도

의지의 문을
부수기도 하고
열기도 하는 것도

세상에 살면서도
세상을 모르는 것도

한 덩이 무덤인
나입니다

최초로
그늘 속에

햇빛으로
서신 이
그것만 당신입니다

사랑굿 115

하루 낮의 기쁨인들 어떠리
꽃 피울 수 없어
씨앗을 기르지 않는
서러운 그대

꽃 꺾어 머리에 이고
나 몰라라
그대에게 가
하루만 보름달이면 어떠리

그대 배경으로
조금은 남은 향기
씻기어지지 말라고
더 어리석어지면 어떠리

작은 흐름을 내어
천리에 이르는
물을 이루어
그대 얽매지 않으려 해도

무릎을 꿇으며

멀어가는 그대를
무슨 용서로
섬길 수 있으리

사랑굿 116

등불과 어둠은
같은 빛이라
등불이듯
어둠이듯
그런 마음을 가지고
등불로 잠들고
어둠으로 깨어나도

가슴을 딛고
달아나는 그대를
붙잡지 못하는
아직도 시린
맨손이어라

깊고 무거운
사슬로
묶이어간
그대가
오늘 아침
이 길로 온다 해도
맞을 수 없는

빈손이어라

사랑굿 117

가을빛 속에
가득한
그대 목소리
설움으로
엉기어
멀어져가네

괴로움도
기쁨도
그리움만 자라게 해
아픈 마음
세상에
들키고 말았어라

모든 걸
또 감추고
눈감고 서도
그대를
벗지 못해
아득하여라

사랑굿 118

형상도 빛깔도 없는
헛된 모습에 묻혔던
나를 무엇으로든
가리고 싶으오
그대 공간으로
흐르던 빛을
꺾어서
햇빛 쪽으로 흐르게 해도
이마에 묻은
허물을
씻을 길 없으니
그대
내게 와
상실에서
건져내주오

사랑굿 119

그대의
보이는 마음 아닌
보이지 않는 마음과
동행하며
빛 속에
홀로보다
어둠 속에 같이하리

기쁨에
넘침으로
어둠을 삭이며
새로운
하늘을 여는
그대는
나의
먼 위안

사랑굿 120

사랑 얻기 전의
마음으로 돌아가리

갈수록
어긋나
무너지는 길
그대 보내고
나는 남아서
세월로 슬픔을
견디어내리

그리움이 어두워지면
마음도 쉼을 얻어
오늘도
아무렇지 않게
그대를 떠나리

사랑굿 121

어리석은
의심은
저를 얽어 해치니
눈이 어두워져
그대 보지 못하리

서로 마음을
알지 못한다 해도
고통도
마음으로 이루었으니

그 마음
볼 수도
들을 수도 없는 것
그대와 나
한마음이어
안 보이는 때문이리

사랑굿 122

말없이 지낸다고
울고 있지 않은 건
아니오

생각만으로
눈물이 나도
아무렇지도 않은 듯
고요히
멀어져가오

미움이 살 수 없는
그대 마음속의
무정無情을 헤아리며
이제야 알 것 같소
청정한 그늘 속을
걷게 하는
그대 뜻을

사랑굿 123

좋으리라 생각했던
내일이
더 좋았던 적은
한 번도 없었기에

속된 마음
모두 버리고
그대를 떠나
저물어가오

살면서 죽고 싶은
죽어도 살고 싶은
모순을 넘나들며
어질머리로
그대를 울어도

한세월
그대는 나를 돌아 부는
바람이었소
남몰래 흐느끼는
머언 바람이었소

사랑굿 124

우리의
오늘의 이별이
먼 만남이라도
아직은
떠날 때가 아닌 것을

사랑은 사랑으로 서럽고
사랑으로 기뻐도
흙이 되어 떠날 것을
바람 되어 만날 것을

그대의 어둠보다
더 깊은 어둠이
내게 기대어와도
그리움은 영원인 것을

사랑굿 125

그대 만나고 싶은 날은
혼자서 내 길을 간다
못내 떨치고
돌아서지 않을
그리움으로 간다

사랑의 무덤 속에서
그대에게 입힌 상처
내게 와
봄비에 젖고

백년도 못 가는
고작 칠십의 생애
깊은 시름 안고
떠돌아야 하는가

사랑굿 126

그대는
죽음을 몰아왔고
죽음은
행방불명이 된
자아를
살아나게 하였네

마침내
그대는
솟아오르는 나를
불꽃으로 얼게 해
비밀의
눈물이
되게 하였네

나보다
더한 것은 없는데
나를 버리고도
충만하면
그대는
온전한

기쁨이었네

사랑굿 127

오늘은 오늘을 비우고
내일은 또
내일을 비우는데
무엇이 소용이리

남루함 다 벗어놓고
나도 강물에
섞이어
출렁이고 싶어라

마음속에 자라는
그대의 모습을
지워버리고
그대에서 떠난
휴식으로
숨어들고 싶어라

사랑굿 128

하루 내내
강가에 앉아
흐르는 물만 바라보다가
나도 모르게
그대 기슭에
이르고 말았네
모든 사람 중에
그대를 택하게 한
그대 때문에
얼굴에 눈도 입도
다 지워져
숨쉬는 것조차
괴로워도
그대 강가에 이르면
속절없이
나를 쏟아
흐르고 마네

사랑굿 129

그대와 나와의
경계에 걸린
무지개
그 무지개를
잃지 않기 위해
웃음만 보이고
마음은 감추고 살자

큰 날개도
맑은 노래도
가질 수 있지만
날을 수
있는 것은
새뿐이라고 믿자

한 사람은
한 사람을 믿고
물음이
물음이 되는
아픔을
허물처럼 벗어버리자

사랑굿 130

가라
갈 대로 가라

혼돈의 새벽에서
깨어났을 때
너는 내게
아무 가치도 아니었다
한숨이었고
몸을 떨게 하는
분노였을 뿐

한숨을
분노를
꽃으로 가리던
무모하던 허무도
가라

내 영혼 속에서
그대를
절망으로
잠재우리라

사랑굿 131

시간은
나를 괴롭히고
그 괴로움은
견뎌야만
벗어날 수 있는 것

노곤한 시간은 쌓여
신념을 잃게 하고
격정에 차게 해
바람만 불게 하고

나의 괴로움
우울한 떠돌이별 하나
되만들어
나를 가둔다

사랑굿 132

허둥거리지도 말고
거짓된 마음도
내지 말고
나를 허물어뜨리며
새벽이 오면
그 새벽 속에서
스스로 태어나게 하소서

나와 다른
그대를
용납하도록
지난날은 잊고
신선한 가슴을
기슭 삼아
생각은 언제나
새해 아침에
매어두게 하소서

사랑굿 133

사슬로
감아도
이보다 더하랴

하루하루가
괴롭고 어렵더니
참고 견딤이 버릇되어
도리어
어둠도 다정해라

새벽을 묶어놓고
아침을 기다려
어둠 속에 서 있어도
죽어도 모를
사람의 마음

그대 목소리
내 마음에 감도는
이 허물을 어이하리

사랑굿 134

그대
모르던 날에는
꽃망이 벙글어도
웃음이었소

울어 될 일은
울어버리고
웃을 일은
웃어 보였소

살아 있는
죽음도 몰랐고
거짓말이
진실인 것도
알 리 없었소

아침마다
새로이
태어나며
조그마한
하늘을

출렁이게 했었다오

사랑굿 135

마음 깊숙이
들여다보지 말자

밀리지도
흔들리지도 않을
마음은
어쩌지 못해도
우리는 때때로
멈춰 서지 않으면 안 된다

서로의 간격을 확인하고
그 간격을
걸머지고

서로를 넘어
아무도
건너지 못할
맑은 하늘을 건너자

사랑굿 136

해도
기울지 않고
달도
지지 않는
빛의 섬으로 가리
무너지는
모래성도
서러운
기다림도
물리치면서
고요하게
빛나는
아침이 와도
서리 속에
섰던 날을
꽃과 아니 바꾸리

말없이 지낸다고
울고 있지 않은 건
아니오

생각만으로
눈물이 나도
아무렇지도 않은 듯
고요히
멀어져가오

사랑굿 137

목발만
짚지 않았지
사실은
절름발이오
무너지기는 쉬웠어도
일어서기 어려워
무릎은 녹아내리오

가까스로
견뎌온 해가
이지러진다 해도
노여움을 삭이며
먼 날을 끌어당겨
빛날 때 맞추어
떠나려 하오

사랑굿 138

세상세상이
녹아 없어진 것 아니어라
잊지 못해도
잠깐 동안이어라

흔들리게 말아라
맑은 마음만
그대와 나
잘 다루어내리니
빛을 이루어
일으켜 세우게 하라

그리움은
숨기고
의심 없이
주고받지 않는 것
제일이어라

사랑굿 139

언젠가는
알뜰한
목숨도
떠나가는데
그대 비록
내게서 멀어갔어도
괴롬에
마음을 태우지는 않으려오

잘 삭이면
웃음 되고
설 삭이면
울음 되는
세상에 흔한 이치
간절하게
물리치며
욕심 벗어버린 걸
후회하지 않으려오

사랑굿 140

하늘이
땅에 무너져도
그대
해 되어 밝는
꿈을 꾸노라

물거품이라
알면서도
문득
내는 욕심
어리석어라

한마디로
모든 말
할 수 있어도
침묵으로
삼가는 말
마음만 깊어라

사랑굿 141

넘어뜨린다고
넘어지거든
넘어지거라

나았다 도지는
병이라면
깊이 앓게 하라

제 욕심에 얽혀
허물 벗기
어려워도
무상에
머물게 하라

고통의 근본
버리게 되어
목숨 받은 일
고달퍼 않으리니

사랑굿 142

버리고 찾는 것
모두가
덧없음이라
끝내는
무심으로
돌아선 그대

깊은 가슴
열어 밝혀도
지난 시간
되찾을 수 없어
멀고 괴롬인 것을

어찌하면 편안하겠소
땅 위에 무릎 꿇어
모두
버리는 뜻
견디려 하오

사랑굿 143

생각하니
세상의 일
분별로 이루어지는데
그대 옆
분별로는
머물 수 없으리

해 가리는 빛
세상에 없는데
어찌해
즐거운 성품
아주 버리게 하오

고통에 머물러도
딱한 마음
허물덩이로 커지는데
허물 끝에 있는 그대여

사랑굿 144

해는
새로운데
나는
그대 기억 속의
사람이오

다니거나
머물러도
간 데마다
따라와
해가 되고
달이 되는
그대

스스로
잊을 때까지
고요할 수 있는
힘을 주소서

사랑굿 145

내 허물을 벗어버리면
다른 하늘이 보이고
저 하늘 그 너머
세상의 소음도
들리지 않는다

밤과 밤 사이
내게 스며들어
나를 잠기게 한
허무를 잠재우면
즐거움도 슬픔도
빈 마음 되어
그대에게 이르고

앉을 곳이 설 곳이
없다 해도
해와 달이
빛을 잃을 때까지
어둠 속의 불행을
보듬고 살자

사랑굿 146

그대는 단 하루도
나의 섬에
닻을 내리고
정박한 적이 없다

끝없는 어둠에 밀려
암초에 부딪혀도
새벽을 피해
어둠으로 숨어든다

무덤의
세월 속에서
잠깐 동안
나의 꿈이었던
그대

잊어버림만이
최선이니
내가 그대를 잊기 전
떠나라

사랑굿 147

그대의 거짓에
기진해 운대도
빈말은 마오

세상 밖에서나
말만 훌륭함이
빛나는 것이니

죽은 듯
산 듯
울어 사는
목숨

침묵엔
침묵으로 답하며
이 고요를
어지럽히진 않으려오

사랑굿 148

무심치 않으려는
생각도 없이
젊음도
목숨도
마침내는
머무름 없이
떠나가는데
무엇을 욕심내고
갈등하겠소

나라는 거만을
허물어뜨리고
눈에 덮이고
비에 젖어도
새 아침이 오면
새 아침 속에
다시
깨어나게 하소서

사랑굿 149

나는
오늘도 춥다
갇혀서
흐르는 시간은
갇힌 채 흐르고
나를 가두고
그대 떠나도
그대 속에 내가 있다

짐짓
미움을 길러
해 저물고
밤이 들어도
그대는 나의 꿈이니
새벽은 일 년에
한 번이어도 좋다

사랑굿 150

나의 가슴에
그대 모습
슬픔인 줄 알면서
그대는 평범하게
웃고 있다

기억하라
다시 기억하라
일백번의 일백번 아침이 와도
그대 위해 나를 버려
스스로 묶이인 것을

삶을 해치는
그대 생각
어둠에 묻는대도
빛 속에서
나는 또 어이 견디리

해 저물고
밤이 들어도
그대는 나의 꿈이니
새벽은 일 년에
한 번이어도 좋다

사랑굿 151

가난한
인간세상을 벗어나
얽매었던
사슬을 풀고
마침내
떠나려 하는데

내 비밀의
봉인을 뜯어
더 무거운 사슬로
얽어매는
그대는 누구인가
넘을 수 없는
한계에 시달리면서
내 몫의 사슬을
온몸에 감고
나는 어디로 가고 있는가

사랑굿 152

그대 모습
비쳐드는
달은 나의 눈물이오니
머물 수 없는
그리움이어도
만날 길은
꿈길이 아니게 하소서

생각은
그리움이라
그리움에 걸려
또 넘어져도
오늘은
오늘의 눈물로
새롭게 타며
번번이
맹목이 되게 하소서

사랑굿 153

그대의 무심함 속에서
목메어
떠나려 했던
그 가을입니다

그리움이 넘쳐도
빈 마음일 줄 알았는데
해마다 이맘때면
함께 살고
함께 죽고 싶은
서러운 그대여

들꽃이 피기도 전에
가을은
부질없이
그대 실어와
그리움의 불을 밝힙니다

사랑굿 154

긴 견딤의
굴욕을
버리고
일어나라
일어나라

멈칫멈칫
망설이며
돌아서지 말고
속마음 풀어
거절의 의미를
보여다오

어둠이
마음 사이로
내려오며
허물고 있다
무너지고 있다

사랑굿   155

백년도
못 가는 길에
그대
앞서지도 말고
뒤에 서지도 말며
기쁨과
슬픔을
같이 나누기로 하오

욕심은
괴로움이라
마음
좁고 작아져
생명을 줄여도

그대여
우리
해 지면
편안히 쉬고
다시
아침해 돋으면

서로를
빛나게 합시다

사랑굿 156

우는 듯
웃는 듯
가을 하늘
별이 되자

고통 많고
즐거움 적어도
돌을 키우던
믿음인데

내색 한 번 아니 하는
그림자도
맑은 그대

길은 없어도
세상에 없는
우리가 되자

사랑굿 157

미망에 빠져
허망으로 시드는
남은 목숨
두렵지 않은데

막힌 줄 알면서
가던 길
멈추지도 못하고
물러나지도 못하는
어지럼증

그대에게
실리면
옳고 그른 것
흐려져
천명에
따르는 길
모르게 되오

사랑굿 158

어찌하면
있음과 없음을
같은 것으로
지닐 수 있으리

어둔 마음
끊어버리고
어둠을
나와도
어둠 속이어라

목숨 쉬지 못하듯
그대 생각
쉬임 없어
천성도
다치고

그대
떠남은
변화의 흐름일 뿐
있는 그대로인 것을

사랑굿 159

물은 물을 이기고
불은 불을
이길 수 있어도
나를 이기지 못해
그대 이길 수 없어라

깨어나
찾을 수 없는 꿈은
꾸지 않으려
욕심에 잠기다가
놀라 깨어나오

여러 세상 중에
그대와의 세상
제일로 어려웠어도
고통도
고요히 견뎌냈어라

사랑굿 160

낮에는 해가 되고
밤에는 달이 되어
나의 그늘을
쉼 없이 비추어
설움을 더 넓게 하는
그대

세상 걱정 많아
외롬을 깊게 해도
그대 의중의 빛
마음에 일어
밝게 비치니

어제의
의심 벗고
오늘은
곤한 마음
쉬게 하소서

사랑굿 161

내 죽음의
빛나는
대상이었던
그대여

이 가슴의
많은 무덤을
시간이 다시
살려낸다 해도

마음대로
앓지도 못하고
감추어놓은
상처를

자꾸
덧나게만 말고
더러는
아물게도 하오

사랑굿 162

세상일이
꿈과 같음을 알아
실없던 날
다 떠나보내고
어두움 없이
지낸다 해도

그대가 흔들면
흔들리고
멈추게 하면
멈추어 서는 까닭을
나는 모르오

마음으로
그대 놓아버린 지
오래이면서
달 밝아도
울어버리는
그리움을
나는 모르오

사랑굿 163

그대의 거짓은
그대의 거짓을
진실이게 하고

나의 진실은
나의 진실을
거짓이게 한다

진실 속에서의
거짓과
거짓 속에서의
진실의 차이는

그대 나 되어가고
나 그대 되어가는
거짓을 닮은
진실일 뿐이고
진실을 닮은 거짓일 뿐

사랑굿 164

나날이
나는 죽어도
그대는
백번이고 태어나라

목숨보다 값진
죽음이
또 무덤을 만들어도
건성으로
웃어넘기는
그대

부질없어 꿈꾸던
불행을 마무리짓고
배웅도 없이
그대를 떠난다

사랑굿 165

물이 흐르듯
그대에게
가는 마음
겹으로 흐르는데

눈으로
눈을 보고
마음으로
마음을 보아도

말로 할 수 없는
말없는 표시로
이 허무를
그대에게 보내며

새로운 고뇌도
태연하게 감싸안을
따뜻한 능력을
나는 갖고 싶으오

사랑굿 166

나는 압니다
남모르게
울게 하는
그대 뜻을

귀 막고 가는
어두운
그대 마음속
그늘을
나는 압니다

눈물이어서
눈물에 젖는
눈부신 잘못을
나는 압니다

무덤에 불과한
그대와의 세월이지만
이 세상 끝에선
슬픔도 고통도
그리움일 줄

나는 압니다

사랑굿 167

그대 앞에 서면
나를 의식 못 하고
그대 그늘 속에
들어가 쉰다

노래도 버리고
두 영혼이
이룩하지 못한 꿈을
고통한다

단지 그대 까닭에
하루도 죽지 못하는
하루살이의 목숨
그대 있어도
혼자이다

사랑한다는 것은
함께 운다는 것이다

사랑굿 168

그대 마음을 열어
내 마음을
적시어주오
만남의
다른 의미가
나를 울게 해도
밤마다
내 가슴을 건너는
그대
어제는 쓰러지고
오늘은 일어서는
삶의 골짜기
깊기만 한데
그대 따르는
이 무상 어이하리오

사랑굿 169

그대 돌아가라
세상을 떠난
행복으로
그리움 잊었으니

웃음도
흉내 내어보고
그대 변덕스러움도
눈감아보지만
저녁 그늘만
밀어다주는 그대

그대 있고
나 있음도
잠시뿐
덧없는 서로는
잊혀질 것을

사랑굿 170

그대를 긍정하면
나를 긍정하게 되고
그대를 부정하면
나도 부정하게 되오

그대 말 한마디로
가슴에 넘쳐날
기쁨
모르지 않으면서
눈물도
되돌리는 그대

나의 눈물이
그대 속에서
죽어 흐르는
물이 아니게
그대 가슴에
눈물로 묻어주오

사랑굿 171

혼란 속에서
하루를 보내며
멍에와 엮어진
그대와의 고리를
풀 수 없어 우노라

둥글다 하면
둥근 줄 알았던
그대의 의지는
나의 의지였는데
절망은
나만의 절망이라니

뒤흔들어도
흔들리지 않으려
서둘러
잠으로 들고 싶어라

사랑굿 172

나 자신에게
풀려나도록
방황하는 영혼이여
나를 버려다오

삶을
아름답게 한
추억은 두고
더는
서럽게 말고
그대 떠나주오

생명이 숨 가빠
눈물로 살던 날을
마무리 지으려 하니
부질없어
허망하기 이를 데 없으나
부디 잘 가오

사랑굿 173

기쁨이나
확신이 없대도
우리는
하나의 슬픔으로
족하지 않소

공연히
고통을 키워
괴롭히고
괴로워하는 것
고만둡시다

해 뜨고
지는 것이
무슨 상관이오
노여움 앞에서도
서로를
눈물로 밝힙시다

사랑굿 174

오늘은
그대를 만나
울고 싶다

울어도
돌아오지 않는 그대와
돌아설 수 없는
그대를

울 만큼 울면
떠날 줄 알았던 울음은
온몸에 실려지고
매일매일
나를 운 지 십수 년

저 세상 것까지
이 세상에서
다 울어버린대도
눈물은 또 그리움일 것인가

사랑굿 175

오늘부터 나는 그대를
몰라보게 될 것 같습니다
사방에서
그대 목소리 들려도
못 듣게 될 것 같습니다
그대는
누구도 아니었지만
더 이상 나를
고단하게 둘 수 없어
나로 돌아섭니다
내가 떠난 뒤
그대의
어두운 한숨이
내 가슴에 돌아와
그대가 살아나도
나는 죽을 수 없어
끝내는
죽을 수밖에 없습니다

사랑굿 176

이 벌판 쓸쓸해도
꽃은 필 때 피고
질 때 져서
한 해가
또 가고 있소

고달픈 다리를
쉬어
눈물 어린 세월을
짚어보다가
깊은 밤의 어두움에
목메이오

어떤 괴로움도
웃음으로 되돌리는
시간에 감사하며
빈 마음 되어
새해를 열려오

사랑굿 177

많지 않은 날이
오래인 것 같고
오래인 날이
순간인 것 같아
나를
눈물이게 하는 사람

소식 없어
만나지 않아도
순한 목숨으로
언제나
동행인 사람

많은 날
많은 생각으로 괴로워도
고난에
약해지지 않게
다시 아침으로
일어서게 하는
사람

사랑굿 178

목적 없이 만났는데
도달해야 할 곳이 있으면
이 무상 어이하리

어차피
어두운 한세상
물거품뿐인데
간 세월도
오는 세월도
잊기로 하오

마음 가운데
두루 있는
그대라는
형태마저 버리고
떠나왔는데

한 걸음 멈추고
돌아서 보니
그대는 그리움이오

사랑굿 179

그대는 내 안에 있고
나는 그대 안에 있어도
우리는
마주 설 힘이 없어
밖으로 헤매어다닌다

더러
노한 마음 일면
이리 풀고 저리 풀으며
살도 뼈도
다 태우고
서로의 적막에 잠긴다

그대의 시간과
나의 시간이
몇천 년도
몇만 년도 아닌데
오늘은 세상일 제쳐놓고
그대 안의 바다에서
눈부신 파도로
넘실거리고 싶다

사랑굿 180

그 길이
먼 길인 줄 모르고
그대 찾아나섰던
그날부터
아프면 아픈 대로
추우면 추운 대로
그리움을 동여매고
다소곳이
새날을 기다립니다
발목이 시리도록
눈이 쌓여도
그대 바라고 서서
내가 갖고 싶은 만큼만
내 것인 그대
울지 않고서
어찌 그대 가슴에
질 수 있으랴

사랑굿 181

많은 날 중의
마지막이 될 날
그리움을 지워버리듯
그대를 반기리다
너무 작아서
끝내
그대 눈에
보이지 않았어도
그대 웃음
내 어둠을 빛내고
그대 마음 끝에
내가 있대도
꿈보다 아름다울
뒷세상 생각하며
이 세상 일은
잊기로 하리다

사랑굿 182

나의 실종을
그대 가슴에
남겨두고
떠나는 날

내가 가엾어
내가 우는
내 상여행렬의
맨 끝에서

어두운
결백으로
울어버릴
그대여

그리움에 더는
괴롭지 않을
세상으로 가며
그대를 그대에게
되돌려주려오

사랑굿 183

그대와 보낸
세월은
짧기만 한데
그대 기다리는
하루는
길기만 하오

한 번도
본 적 없는
그런 얼굴로
돌아와
내게
절을 하고 섰는
그대

인사도 없이
떠나려던
내 손을 잡아주오
그대 손을 놓고
편안히 떠나려오

그대의 시간과
나의 시간이
몇천 년도
몇만 년도 아닌데
오늘은 세상일 제쳐놓고
그대 안의 바다에서
눈부신 파도로
넘실거리고 싶다

사랑굿

2018년 7월 12일 초판 1쇄 발행

지은이 · 김초혜
펴낸이 · 김상현, 최세현

편집인 · 정법안
책임편집 · 손현미 ┃ 디자인 · 최우영

마케팅 · 권금숙, 김명래, 양봉호, 임지윤, 최의범, 조히라
경영지원 · 김현우, 강신우 ┃ 해외기획 · 우정민
펴낸곳 · 마음서재 ┃ 출판신고 · 2006년 9월 25일 제406-2006-000210호
주소 · 경기도 파주시 회동길 174 파주출판도시
전화 · 031-960-4800 ┃ 팩스 · 031-960-4806 ┃ 이메일 · info@smpk.kr

ⓒ 김초혜(저작권자와 맺은 특약에 따라 검인을 생략합니다)
ISBN 978-89-6570-655-7 (03810)

• 이 책은 저작권법에 따라 보호받는 저작물이므로 무단전재와 무단복제를 금지하며, 이 책
내용의 전부 또는 일부를 이용하려면 반드시 저작권자와 마음서재의 서면동의를 받아야
합니다.
• 이 책의 국립중앙도서관 출판시도서목록은 서지정보유통지원시스템 홈페이지(http://seoji.
nl.go.kr)와 국가자료공동목록시스템(http://www.nl.go.kr/kolisnet)에서 이용하실 수 있습니다.
(CIP제어번호:CIP2018019569)
• 잘못된 책은 구입하신 서점에서 바꿔드립니다.　• 책값은 뒤표지에 있습니다.
• 마음서재는 (주)쌤앤파커스의 종교·문학 브랜드입니다.

쌤앤파커스(Sam&Parkers)는 독자 여러분의 책에 관한 아이디어와 원고 투고를 설레는 마음으로 기
다리고 있습니다. 책으로 엮기를 원하는 아이디어가 있으신 분은 이메일 book@smpk.kr로 간단한
개요와 취지, 연락처 등을 보내주세요. 머뭇거리지 말고 문을 두드리세요. 길이 열립니다.

《사랑굿》은 인간이 숭앙해온 가장 원시적인 신앙행위인 굿의 개념에
사랑의 숙명성을 얽어맨 원초적이며 원색적인 탐구이다. (중략) 사랑이 왜
인간의 정신적 뿌리에서부터 맑은 샘물과 같이 끊임없이 솟아오르는가.
사랑은 왜 식을 줄 모르는 용광로 속의 쇳물같이 광적으로 흘러가는가.
그 사랑은 왜 영원한 행복어로서만 존재하지 않고 끊임없이
변화하는가를 보여준다. 그리움이 미움이 되고 미움이 증오가 되며,
그것은 또다시 용서와 화해의 인간적인 완전한 사랑의 원형으로 존재한다.
— 박이도(시인), 1985년 12월 《현대문학》

《사랑굿》이 보여주는 시세계는 시공을 초월한 자리에서 인간답게
살기 위해 누구나 사색하고 고뇌해야 할 생의 근원적인 문제를 깊이
천착하고 있는 것으로 보인다. 거칠고 황량한 생활의 전선을 맹수처럼
포효하며 뛰어다니는 인간들이라 할지라도 문득 고요한 자리로 되돌아와
명상의 공간을 즐기고 겸허하게 자신을 성찰해야만 하는 것이다. (중략)
《사랑굿》은 나와 그대의 관계 속에 무한의 사랑을 들이부음으로써
살아가는 일의 참뜻을 깨우치도록 우리를 자극한다.
— 정효구(문학평론가), 1987년 3월 4일 〈중앙일보〉

《사랑굿》은 시의 본질이라고 할 수 있는 서정성의 의미를 가장
소중하게 간직하고 있다. 잡다한 일상의 현실과 삶의 고뇌로부터 벗어난
감동의 언어가 이 시 속에 자리한다. 일상의 잔재로부터 정화된 고백의
언어들은 모두가 간결하고 정결하게 토막쳐진 짧은 시행으로 이어진다.
하나의 생각과 한 덩어리의 느낌을 시적으로 형상화하는 데에 필요한
최소한의 언어가 동원되고 있다.
— 권영민(문학평론가), 1992년 10월 《현대문학》